CYRIL : il adore la cantine,
même les brocolis. Champion
de ballon de la cour,
il est le fiancé de Chloé.

SÉBASTIEN : il passe
sa journée à dessiner.
Il est très fort.

JEANNE : elle fait tout
en courant, c'est une
championne pour jouer à chat.

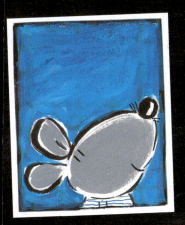

LÉON : il adore les livres
et les fourmis. Il mord
si on l'embête.

LA MAÎTRESSE :
c'est la plus belle !

Et moi,
je suis comment ?

Kyndro

À mon Tam-Tam José

© casterman 2004
www.casterman.com
Mise en page · Petit Scarabée
Dépôt légal : février 2004 ; D2004/0053/16 - 2-203-12408-3
Droits de traduction et de reproduction réservés pour tous pays.
Déposé au ministère de la Justice,
Paris (loi n° 49.956 du 16 juillet 1949 sur les publications
destinées à la jeunesse). Imprimé en Belgique par Proost.

CLAUDIA BIELINSKY

IL FAUT SAUVER
Monsieur Tam-Tam

casterman

Depuis quelques jours, Monsieur Tam-Tam,
notre mascotte adorée, ne tourne pas rond :
il ne veut pas jouer, il ne mange pas,
il ne bouge pas.

Il a l'air triste, très triste.

– Qui pourrait l'emmener en week-end
dans sa maison ? demande la maîtresse.
Ça lui fera peut-être du bien.
– Moi, dit Léon, j'ai un beau jardin,
je le ferai courir sur la pelouse !

– D'accord, Léon, prends soin de lui et amuse-toi bien.

Le lundi suivant, Monsieur Tam-Tam est toujours aussi triste.
– Ne t'inquiète pas, Léon, ce n'est pas de ta faute ! dit Chloé.

– Il faut faire quelque chose,
et vite ! s'écrient les filles.
Et nous avons la solution !

– Non, pas vous ! disent les garçons. C'est nous qui avons
la solution. Nous le connaissons mieux : c'est un garçon !
– Du calme, dit la maîtresse. Que chacun fasse une proposition.

Et les filles se mettent tout
de suite au travail : ciseaux,
colle, tissu, carton...
– Tu aimes ta nouvelle maison,
Monsieur Tam-Tam chéri ?
demande Barbara.
– ... Et ta nouvelle coiffure ?
dit Jeanne.
– ... Et tes nouveaux joujoux ?
ajoute Chloé.

Pierre ricane.
– Désolé, les filles,
mais Monsieur Tam-Tam
ne va pas mieux du tout !

Très déçues, les filles cèdent la place aux garçons.

– Ce qu'il lui faut, c'est un peu d'exercice,
dit Léon. Du roller, du vélo...
– Et je dirais même plus, une bonne partie
de football ! ajoute Cyril.

Comme Monsieur
Tam-Tam va toujours
aussi mal, Guillaume
invente une chanson :

Un-deux-trois, un-petit-pas-à-gauche,
Un-petit-pas-à-droite,
et Cha-Cha-Cha !

Sport, musique, coiffure : rien ne marche !

Face au désespoir des enfants,
la maîtresse décide d'appeler
le vétérinaire. Monsieur Tam-Tam
est sûrement très malade.

Après l'avoir examiné attentivement sous toutes les coutures, le vétérinaire déclare :

— Ce petit animal n'a rien du tout. Je pense qu'il s'ennuie.
À mon avis, il faudrait lui trouver un ami.

– C'est mon papa !

– Lui trouver un ami ? Uki réfléchit.

– Je crois que j'ai une bien meilleure idée.
Et quelques jours plus tard...

... Mademoiselle Carlotta est arrivée dans la classe.
Et depuis, Monsieur Tam-Tam va très très bien :
il est amoureux !

Uki, le n des m

Mon imagier

UKI AU FIL DES JOURS